물에서
온
편지

물에서 온 편지

초판 1쇄 발행 • 2017년 7월 25일
초판 2쇄 발행 • 2017년 12월 15일

지은이 • 김수열
펴낸이 • 황규관

펴낸곳 • 도서출판 삶창
출판등록 • 2010년 11월 30일 제2010-000168호
주소 • 04149 서울시 마포구 대흥로 84-6, 302호
전화 • 02-848-3097
팩스 • 02-848-3094
홈페이지 • www.samchang.or.kr

디자인 • 정하연
인쇄 • 신화코아퍼레이션
제책 • 국일문화사

ⓒ 김수열, 2017
ISBN 978-89-6655-085-2 03810

물에서
온
편지

김수열 시집

삶창

시인의 말

낫질을 하다가
오른 손아귀가 왼손 검지를 베었다

낫이 무슨 죄인가?
아직도 모른다는 거다, 내가 나를

2017년 5월 제주 아라에서

김수열

차례

제2부

제3부

제4부

제
1
부

———

알몸의 시

내 시에는 거추장스러운 데가 많다

거추장스러워 가려야할 데가 많다

가려야할 데가 많아 입고 또 입어야 한다

하여, 나탈리 망세의 파격 같은 선율이 없다

내 시에는

그믐

한때 너를 아프게 물어뜯고 싶은 적이 있었다

예감

출근길
허리 잘린 어린 국화
박카스병에 담아 책상 위에 놓으니
보라색 향기 교무실에 그윽하다

오늘 하루
아이들이 어질 것 같다

욕실에서

앙코르와트를 건설한
크메르족 혈통의 모기를
압살하기 위해 세 번, 네 번
일곱 번, 여덟 번
손을 마주친다

혈통이 혈통인지라 모기는
박수갈채 뒤로 하고
압사라 춤사위로 유유히 사라지고

바닷가 학교

종이 울리자
아무렇게나 뛰놀던 아이들이
쪼르르르르르 제 자리로 돌아가고

때를 맞춰 교실이 보이는 바닷속에서
제멋대로 까불던 물고기들도
우르르르르르 떼 지어 제 자리를 찾는다
찰랑이던 물살도 잠잠해진다

다시 종이 울리면
기다리던 점심시간
물고기들은 급식소를 향해
날렵하게 뛰어갈 것이고
기다랗게 줄을 선 아이들의 식판엔
어느새 튀김옷으로 갈아입은 말썽꾸러기들이
초롱초롱한 눈망울들을 바라보고 있을 것이고

슬픈 문자

시인을 남편으로 둔 어느 선생
세월호 참사 1주기 맞아 학생들에게
동영상으로 시 한 편 소개하고 감상을 묻는데
한 학생 손 번쩍 들고 질문하더란다

요즘도 시인 있어요?
시인은 뭘로 돈 벌어요?

핸드폰 문자로 그 내용 전해 받은 시인
요즘 시가 읽히지 않는 것보다
시집이 전혀 팔리지 않는 것보다
시인으로 산다는 게 더 슬펐다

혼자 슬퍼서 홀로 마셨다

단풍

이른 봄에 태어나
천둥벼락에 오소소소 치떨다가
비바람에 때깔 벗고
이제 사는가 싶더니 울긋불긋 가을이다
남부럽잖은 호상이다

그렇지 않고서야
사람들이 저렇게 좋아할 리 없다

인생

안개 자욱한 아침
둥지를 나온 박물관 한 채가
양손 가득 검은 비닐 들고
자벌레 기듯 먼 길 가고 있다

저 흰 등이 고개를 넘으면
궤도 벗어난 별똥별처럼
한 마을의 우주도 가뭇없이
지워지겠다

성탄 전야

겨울 연탄을 들이지 못한 젊은 부부의
새된 소리가 함석지붕을 넘는가 싶더니
아내 같은 여자가
빈 바람처럼 운다

그 바람에 놀란 아랫녘 개가
한껏 움츠리다 돌아눕고
끝이 매서운 칼바람이
멀구슬 지나 동네에서 제일 높은
예배당 첨탑을 휘감는다

빈 하늘에 매달린 십자가만
까닭 없이 깜박거렸다

수국

간밤 비바람이 심한 탓일까
사려니 길섶에 수국이 낭자하다

더러는 찢기고 더러는 꺾이고
아직 덜 여문 꽃망울
파리한 얼굴을 흙바닥에 묻었다

인기척에 놀란 노루가
때죽낭 사이로 총총총 사라진다

검은 까마귀 검게 울고
수국수국 수국꽃이 운다

나라가 걱정이다
나라가 걱정이다

고양이에 대한 관심

우리집 텃밭에는 고양이 두 마리가 산다
햇살 좋은 날이면 테라스에 나타나 자리를 잡는데
나는 그들이 부부지간인지 부자지간인지 관심이 없다
내 관심은 나에 대한 그들의 무관심이다
물을 주거나 육포를 주어도 관심이 없다
손을 내밀어도 살짝 시선을 맞췄나
세상에서 가장 편한 자세로 낮잠을 즐긴다

어느 날 고양이가 다시 왔다
두 마리가 아니라 한 마리만 왔다
나는 그 녀석이 두 녀석 중에 어느 녀석인지 관심이 없다
내 관심은 여전히 나에 대한 그의 무관심이다
한 녀석은 어디 갔냐고 물어도 관심이 없다
혼자라서 외롭냐 사는 게 힘드냐
말을 걸어도 살짝 수염을 치켜세웠나
세상에서 가장 편한 자세로 낮잠을 즐긴다

꽃양귀비

다들 어디 갔나 궁금했는데

유형의 땅 시베리아 이루크츠크

좌절한 혁명가의 뜨락에 모여 있더구나

그때 그 마음일까

붉디붉게 모여 있더구나

내일이 오는 쪽을 내다보면서

저리도 뜨겁게 모여 있더구나

병실에서

여기만 있으니 시간 가는 걸 모르겠어

한라산이 잘 안 보이고

바깥에 나갔다 온 사람이 춥다 하니 그런가 보다 하지 뭐

의사 말이 기관지가 어떻고 무슨 폐렴이라고 해

아직도 목에서 피가 나는데, 잘 모르겠어

글쎄, 금년까지만 우겨볼 생각이야, 금년까지만

나를 데리러 온 양반도 그 정도는 들어주지 않겠어?

자주 하는 부탁도 아니고, 무슨 특별한 일이 있는 건 아닌데

금년까지만 우겨볼 생각이야

꼭 데려가야 한다면 어쩔 수 없지만

좀 나아지면 내가 먼저 연락하지, 고마워

나비

바이칼에 있다는
알혼섬 가는 길

길 끝이 하늘에 잇닿은
알혼섬 가는 길

하늘로 가는 길
알혼섬 가는 길

브리야트족의 성소
세르게에 잠시 내려

오색 지전 세멜가
사진에 담고 나오는데

어디서 날아왔을까, 나비 떼

땅바닥에 앉아 있다가
한꺼번에 날아오른다

팔랑팔랑 팔랑팔랑
브리야트의 넋들이 날아오른다

날아올라 달라붙는다
달라붙어 어느새 나도

브리야트가 된다 나비가 된다
팔랑팔랑 팔랑팔랑

자

자물통으로 굳게 닫힌

허름한 가게 유리문에 잔뜩 새겨진 붉은 글씨

마자 곡자 철자 대자 줄자

낯선 이름 위로 겹쳐지는 낯익은 이름

순자 영자 미자 숙자 그리고 춘자

떠올리기 만해도 이미 넉넉해지는 붉은 사랑들

바닷물은 쓰다

칠성판 등에 지고 저승문턱 오락가락
반세기 넘도록 바당밭 일구다
대상군 자리 큰며느리에게 물려주고

집에서 노느니 할망바당에라도 나가
물질 나간 큰며느리 대신
오물조물 보말 잡아 저녁 찬거리 장만하는
소섬 할머니는
바닷물이 쓰다 하신다

모르는 사람들은 짜다 하는데
소섬에서 나 소섬이 될 소섬 할머니는
바닷물이 쓰다 하신다

제
2
부

마두금

고비사막의 저녁놀
낙타 눈썹에 바람이 고인다
무슨 연유에선지 어미는
새끼에게 젖을 물리지 않았다
다가서면 물러서고
다가서면 돌아섰다
새끼의 입에서 단내가 났다

말의 머리가 구슬프게 울었다
해금보다 무겁게
가야금보다 두텁게 울었다
얼마나 지났을까
어미 눈에서 떨어진 물방울이
사막의 발등을 적신다
새끼를 받아들인다
어린 눈에도 반짝 빛이 난다

일터에서 허리를 다쳐
옴짝달싹 못하는 지아비 두고
몇 해째 소식 없는 엄마
아무도 엄마 위해 울지 않았는지
기다림에 지친 어린 딸의 눈물은
더 이상 짜지 않다

장마

두두두두두두두두

포장마차 지붕 위로
말 달리는 소리 요란하다

저녁 어스름
오늘도 노동을 공친 덥수룩한 사내가
고기국수에 소주 한 병 까고
주인이 틀어놓은 텔레비전을
흐린 눈으로 보고 있다

다음은 십만 단위,
십만 단위, 되겠습니다
두두두두두두두두
준비하시고,
쏘세요!

(인생은 늘 과녁 밖에 있다)

손에 든 것 휴지통에 구기고
사내는 탱탱 불은 국숫발을 이래저래 헤가른다

비어 있는 술잔 위로 말발굽소리 멀어진다

두두두두두두두두

봄날 텃밭

능수매화 그늘에 무를 옮겨 심었는데
비루먹은 강아지처럼 비슬비슬하더니
꽃 피우는 매화 보고 깨달았는지
나비 떠난 자리에 다시 나비 모은다

꽃 진 능수매화 가만히 내려다보며
다음엔 이렇게 하는 거라며
어린 매실 오종종 매달고 한 수 가르치고 있다

무꽃 지면 아마도 튼실한 무가 세상에 대고
나도 이렇게 했수다 어깨 으쓱대며
알 밴 종아리 같은 뿌리 내릴 것이니

바로 옆 청상추며 쉐우리들도
그래 바로 그거야 하면서
바람 따라 찰랑찰랑 손뼉을 칠 것이고

신촌 가는 옛길

원당사와 불탑사가 고즈넉이 마주앉은 길
기중편 떡구덕 등에 지고
어멍 손심엉 식게 먹으러 가던 길
열무 이파리 아삭아삭 씹히는 길
밭담 위 늙은 호박끼리
펑퍼짐하게 두런두런 옛말 나누는 길
물마루 건너온 등 굽은 바람이
이마를 톡 치고 가는 길
수런수런 수련 사는 남생이못
가끔 그렇게 흔들려도 좋은 길
길섶 억새들 배웅 받으며
한 번쯤은 어린 덕구가 밥차롱 허리춤에 차고
돌아보고 돌아보며 걸었음직한 길

오일장 풍경

명절 앞둔 동짓달 뾰족한 날
오일장 할망장터 나들목
누더기 탁발승 시주함 앞에 놓고
중모리장단으로 목탁 치는데

바로 그 옆
판 벌인 각설이엿장수
누더기 복장에 누더기 분장하고
트로트메들리 볼륨 이빠이 올려
엿가위장단으로 손님들에게 엿을 먹이는데

시나브로 목탁은 사위어 들고
시주함 한쪽으로 비껴놓더니 스님도
흥에 겨웠는지 엿가위가락에 고갯장단 맞추다가
먹장삼 소매에 손 넣고
삼천 원에 한 봉지 오천 원에 두 봉지하는 엿
한 봉지 사 들고 관세음보살

메들리도 엿가위장단도 숨 고를 즈음
중모리 목탁소리 크레센도하게 수그러드는데
각설이 복장 각설이 분장을 한 누더기 양반
천 원짜리 석 장 시주함에 넣고
가만히 두 손 모으면서 관세음보살

잔치커피

섬사람들은 장례식장에서도
잔치커피를 마신다
달짝지근한 믹스커피를
섬사람들은 잔치커피라 하는데
장례식장에 조문 가서 식사를 마치면
부름씨하는 사람이 와서 묻는다
녹차? 잔치커피?

잔치커피, 하고 주문하는 순간
장례식장 '장'자는 휙 날아가고
순간 예식장으로 탈바꿈한다
명복을 비는 마음이야 어디 가겠냐만
와자지껄 흥성스러운 잔치판이 된다
보내는 상주도 떠나는 망자도 덜 슬퍼진다

섬에서는
죽음도 축제가 되어

섬에서 죽으면
죽어서 떠나는 날이 잔칫날이다
망자 데리러 온 저승사자도
달달한 잔치커피에 중독이 된다

고부

　예순 살짝 넘긴 며느리가 여든 훌쩍 넘긴 시어매한테 어무이, 나, 오도바이 멘허시험 볼라요 허락해주소 하니 그 시어매, 거 무신 씨나락 까먹는 소리여, 얼릉 가서 밭일이나 혀!

　요번만큼은 뜻대로 허것소 그리 아소, 방바닥에 구부리고 앉아 떠듬떠듬 연필에 침 발라 공부를 허는데, 멀찌감치 앉아 시래기 손질하며 며느리 꼬라지 쏘아보던 시어매 몸뻬 차림으로 버스에 올라 읍내 나가 물어물어 안경집 찾아 만 원짜리 만지작거리다 만오천 원짜리 돋보기 사 들고 며느리 앞에 툭 던지며 허는 말, 거 눈에 뵈도 못 따는 기 멘허라는디 뵈도 않으믄서 워찌 멘헐 딴댜? 아나 멘허!

한국의 엄마들

딸아, 딸아, 여기 봐, 여기 보라니까
너, 언니처럼 서울대 못 가면, 여기 보라니까
연고대는 가야 해, 알았지, 딸아
딸아, 엄마 보라니까, 그럼 엄마가
너, 수능 끝나는 날, 딱, 너하고 네 친구, 가고 싶은 데
해외여행 보내줄게, 여기 봐, 여기 보라니까

인천 출발 캄보디아 씨엠립으로 가는 비행기 안
승객들은 잠이 들어 엔진소리만 괴괴한데
바로 뒷좌석 낮지만 간절한 때로 단호한
엄마의 목소리

여기 보라니까, 딸아, 연고대만 가면
엄마가, 딸아, 엄마 좀 봐, 수능 끝나는 날
너, 유럽 배낭여행…

잠이 부족한지 딸아이는 아무 대꾸가 없고

천원식당 할머니

할머니 별이 되셨다
끈덕지게 달라붙는 암세포 당하지 못해
요양 위해 문 내린 지 얼마 만에
그 문 다시 열지 못하고
대인시장 천원식당 할머니
별이 되셨다

별이 되기 전 할머니는 병상에 누워
노점상 할머니들 끼니는 어찌 때우는지
난방도 안 되는 여관방에 살면서
저녁이 되면 어김없이 찾아와
천원 내고 한 끼 먹고 남은 음식 들고 가
다음날 아침 때우는 아흔 넘긴 노인네 생각에
식당 문 열게 해달라 빌고 빌었다

방송에 나오고 세상에 알려지면서
여기저기 할머니 같은 어진 마음들

쌀이며 고추장이며 갓김치 보내오고
대인시장 이웃들
생닭이며 두부며 콩나물 두고 가고
누구는 천 원짜리 밥 먹고 오만 원짜리 슬쩍 넣고 가고

할머니는 세상이 이렇게 고마운데
아예 돈 안 받고 그냥 줄까 하다가
먹으면서 떳떳하라고
당신처럼 부끄러워하지 말라고
밥값 천 원 선불로 받으셨다

그 할머니 별이 되셨다
대인시장 밤하늘 참 환해지겠다

102살 할매도 여자다

육십년 전 아들 먼저 보내고 여든 넘은 며느리 봉양 받으며
단둘이 사는 백두 살 할매가 볕바른 봄날 평상에 앉아 며느리
에게 머리 손질 맡기고 아슥아슥 졸고 계시다
어머님 다 됐슈, 거울 한번 봐유
거울 보던 할매 옆머리 매만지더니, 이기 뭐여, 쥐 쎄무랐어?
거울 팽개치고 안으로 들어가 모로 눕더니 꿈쩍도 않으신다
읍내장 가서 좋아하는 꿀떡 사다 드렸는데도 손사래 치며
날카롭게 한 말씀 하신다
내 그렇게 말했잖여, 읍내 미장원 가서 머리 허겄다고
시방 이 머리 갖고 워떻게 회관엘 댕겨!

옆에 앉은 며느리
이러지도 저러지도 못하고
꿀떡만 만지작만지작

보말죽

보말이 보말이주, 보말을 뭐센 고라?
고메기? 난 몰라, 우리 동네선 그자 보말

물 싸민 갯것이 강 그거 잡아당
솥단지에 놩 개끔 부각헐 때꼬지 숢앙
이불바농으로 눈 멜라져가멍 토다아장 그걸 파내영
딱지도 때내곡 또시 고는 채에 놩
손으로 박박 문대기믄 요물은 남곡 똥은 헤싸지곡
똥 헤싸진 물에 곤쏠 불린 걸 놩 보글보글 끓을 때
보말 요물 넣곡 당근 송송 썰어 넣곡 마늘쫑 쫑쫑 썰어 넣곡
다시 바질바질 끓으민 약헌 불에 맞쳥 춤지름 넉넉허게 놩
휘휘 저시믄 그게 보말죽이주
배추김치에 참깨 절인 것에 혼번 먹어봐, 잘도 코시롱허여

무싱거? 깅이죽? 거 쓸데어신 소리 마랑
요레 아장 보말이나 파라
마, 바농!

선술집 그 아짐

어디선가 간판 걸고 사주 보다가
밀물처럼 통영으로 흘러들어와
중앙시장 후미진 곳에서 술을 파는 그 아짐
시인이라는 말에 시락국 한 그릇
쓰윽 내주던 그 아짐

진도아리랑으로 길을 나서
있는 구멍도 못 찾는 사내놈 탓하다가
쇠젓가락으로 비 내리는 고모령 지나
울랴고 왔던가 웃을랴고 왔던가
선창으로 스며든 그 아짐

어디서 전작이 있었는지
불콰한 얼굴로 들어서는 비틀한 사내에게
오빠, 이기 머꼬? 어데서 한 잔 했노? 앉아라 마
따순 밥에 술국 한 그릇 얼른 내오는 그 아짐

잔 들고 모서리에 앉아
사주 묻고 손마디 짚어 보다가
기다리다 보면 동쪽에서 귀인이 올 끼고
시리고 배곯아도 참다 보면 대성할 끼라며
덥석 손 잡아주던 선술집 그 아짐

미역눌

할머니 혼자 미역눌 쌓고 있다
한 단 한 단 미역눌이 올라가고
사다리 타고 미역눌에서 내린 할머니가
잠시잠깐 손 좀 빌려달라 하신다

할머니랑 둘이서
미역눌 위로 비닐 덮고
다시 비닐 덮고
그 위로 천막 치고
다시 천막 치고
그 위로 그물 덮고
다시 그물 덮고
밑둥은 단단한 동아줄로 동여매고
다시 얽어매고

장애인 단체에 승선 양보하고
다음 배 기다리는 동안 비양도 포구엔

어엿한 미역집 한 채 동그마니 섰다

비양도에서 한나절

섬에서 멀어진다는 건
다시 섬에 가까워진다는 것

비양호에서 내려
섬햇살과 만나 섬언어로
섬이야기 두런두런 전하고
섬바람과 만나 섬언어로
섬이야기 귀담아 듣고

오름 위 등대에 오를까, 하다 관두고
해안길 걸을까, 하다 그마저 관두고

세 명의 어린 섬들이 까르르 뛰노는
키 작은 운동장 기웃대다가
호돌이식당 보말죽으로 허기 채우고
펄랑못에 앉아 몇 자 끄적이는데

섬에서 멀어진다는 건
다시 섬에 가까워진다는 것
섬을 떠났지만 결국
섬으로 돌아온다는 것

제 3 부

육군대학 B-9호

1

인제 가면 언제 오나 아버지 임지 따라 인제 가는 길 진해
에서 나와 부산에 잠시 머물렀다 한다 사탕 사러 나온 네 살
배기는 그만 길을 잃었다 한다 눈물콧물 아부지 아부지 부
르며 세 정거장 지나 정처 없이 걷다가 좌판에서 남새 파는
할머니 손에 이끌려 파출소에 넘겨졌다 한다 순경이 집이 어
디고 물으니 그 아이 딸꾹딸꾹 육군대학 B-9호라예 육군대
학 B-9호라예

2

비행기 타고 김해 내려 지하철 타고 사상역 내려 버스 타
고 진해 가는 길 중앙시장에 내려 시락국에 막걸리 한 사발
비우면서 시락국에게 육군대학이 어디냐 묻는데 없다 한다
삼십 년도 훨씬 전에 없어졌다 한다 그 자리가 어디냐 물으

니 요리 요리 저리 저리 가라 한다 태어나 네 살까지 살다 반
백 년 지나 찾아간 육군대학 B-9호 육군대학 없으니 관사
도 없고 관사 없으니 B-9호도 없다 B-9호 없으니 내 유년
도 없다 말갛게 사라졌다 바람이 불러 돌아보니 1962년에
기념식수 했다는 소나무만 덩그마니 서 있고

달고나

늦감서리 막물로 넘어가는 차가운 달밤
동네 조무래기들 막은창 골목에 모여 놓고
골목대장 원호 형은 낮고 짧고 날카롭게 한마디씩 던진다

넌, 백설탕 뚜룩쳐 와
넌, 소다
넌, 국자에 쇠젓가락
넌, 불붙은 연탄, 그리고
넌! 너네 누나 순자 데령 와

어머니 몰래 정지 들어가
발갛게 익은 아궁잇불 빼낸 자리에 검은 탄 올려놓고
허물어진 뒷담 넘어 원호 형네 집으로 간다
백설탕도 오고 소다도 오고
국자에 쇠젓가락도 온다

형들은 연탄불 주위에 이글이글 둘러앉고

멀찌감치서 나는 주왁주왁 망을 보고
백설탕 익어가는 단내에 하나도 춥지 않은 밤
입천장이 닳고 닳도록 떼고 또 뗐다

부뚜막에 흩어진 백설탕처럼
잔별이 달게 쏟아지던 밤
순자 누나는 끝내 오지 않았다

주전자 막걸리

무신거 험이라? 준수 아버지가 놀러 오는 날이면 문지방 베고 쪽잠 자던 아버지는 빈 주전자 건네며 막걸리 받아 오라 하셨다 잰걸음으로 올레 나와 가축병원 지나 주전자 가득 막걸리 받고 돌아오다가 가축병원 앞에서 주둥이에 입 대고 꼴짝 올레 들어 힐끗 눈치 보고 꼴짝 아버지 몰래 뒤꼍으로 돌아 물소리 안 나게 수돗물 채워 호박탕쉬에 물김치 올려 술상 내가면 아버지는 '허 그거, 재기도 왔져' 하며 얼굴 가득 환해지셨다

원담

해짓골 올빼미 형은
멜철 들어 물이 싸면 탑바리 원담에
족바지 들고 멜 거리레 갔다

이레 화르르륵 저레 다울리라
저레 화르르륵 이레 다울리라

작대기 들고 바당물 탕탕 치당보민
팔딱팔딱 족바지에 멜이 가득

멜 들었저 멜 거리라
멜 거리라 멜 들었저

그런 날이면 해묵은 해짓골엔
멜 굽는 소리 자글자글 피어나고
올빼미 형 어깨에도 없던 가오가 살아났다

울타리

가문 날엔 감저쭈시에
드믄드믄 보리쌀 넣고 범벅 만들어
새끼들 키웠지

살다가 살다가
새끼들과 둘러앉아 저녁술 뜨고
죽은 듯 자다가 죽어져야 헐 건디
경만 해지믄 천복만복 천만복인디

물구덕 지듯 칠성판 지영 먼물질 나강
귀상어에 쫓기고 샛바닥이 퍼렁허게 시려
꼭 죽어질 것만 같을 때

아이고 내 새끼덜, 저 큰놈 족은놈
갯것서 '어멍, 어멍' 부르는 소리 들리면
아, 살았구나
저것들이 날 살리는구나

내 울타리구나

그냥 눈물이 나
눈물이

그 친구

성은 까먹었는데
이름은 진모였어 국민학교 2학년 때
처음이자 마지막으로 주먹다짐을 했지
운동장 구석 모래판에서
싸움은 싱겁게 끝이 났고, 그때 알았지
코피가 그리 쓰지만은 않다는 걸
졌다고 해서 꼭 우는 건 아니라는 걸

바로 집에 갈 수 없었지
왜 그랬는지 모르겠어
빵집 앞에서 모락모락 찐빵냄새 맡다가
극장 앞에서 영화간판에 넋을 놓다가
지금은 매립된 탑동 원담에 들어
보말 잡고 구살 잡고 시간도 잡다가
어스름 한참 지나 집으로 갔지

성은 까먹었는데

이름이 진모였던 그 친구
그해 겨울 서울로 전학을 갔는데
지금도 학교 운동장 모래판만 보면
그 친구가 생각나
아무도 없는 수돗가에서
코피 훔치던 아이도 얼핏 떠오르고

독새기

창고 헐어 아버지는 닭을 쳤다
식전 닭장에 들러 닭똥 치우는 일은
아침상에 오를 독새기 생각하면 일도 아니었다

온기가 채 가시지 않은 따스한 독새기에
서문시장에서 뺀 참기름에 유채꿀 넣고
스텡 밥그릇 연탄에 올려 휘휘 저어

고소하고 달짝지근하고 흐물흐물한 것이
밥상에 오르는 날이면
둥그렇게 둘러앉은 식구들도
마냥 고소하고 달짝지근하고 흐물흐물해졌다

이것도 글씨라고…

강원도 사는 이상국 시인에게
시집 한 권 보냈더니
거기 실린 「빨래」라는 시를
손글씨로 써서 보내왔다

액자에 담아 걸어두었는데
참 좋다며 제 집에 걸겠다고
어느 여인이 채 마르지도 않은 빨래
거두어 간다

시인에게 전화 걸어
자초지종 말하고
이왕이면 두 개 부탁한다 했더니
빨래 두 장 다시 보내왔다
'이것도 글씨라고…' 쓴 짧은 손글씨와 함께

무근성 옛집

내 친구 공철이는
벗들과 어울려 질그렝이 술을 붓다가
취기가 목젖까지 차오르면 으레
두 개 없는 세 손가락으로 마이너 코드 잡고
엉게 울리듯 오 대니 보이를 불렀다

그런 밤이면 어김없이 강남달이 뜨고
달빛 아래 과꽃이 피고
물로야 뱅뱅 돌고 돌아 내 순번이 오면
중학교 가을소풍 때 축구 잘하는 정욱이가
외로 고개 틀고 허스키하게 부르던
어느 먼 나라의 옛집을 떠올렸다

사십 년이 지나 어느 병원 진료대기실에서
우연히 만난 정욱이의 올 빠진 머리와
비스듬히 굽은 등과 낯설고 어색한 인사를 나누고
처방전 받고 먼저 나오면서 나는

정욱이가 그토록 좋아하던 켄터키 옛집과
내가 살던, 어처구니없이 팔려버린
무근성 옛집을 불현듯 떠올리는데
몸살 탓인지 겨울 햇살 탓인지
눈시울이 뜨거워졌다

기다린 맛

직장 생활하는 큰놈 위해 할머니가 바리바리 싸 준 자리
물회며 창란젓이며 절인 깻잎을 들고 공항에서 만나 건네주
고 때마침 점심시간이라 시원한 거 먹고 싶다는 말에 스마
트폰 이리저리 뒤지더니 "좋은 디 있수다, 그릅써" 하고는 앞
장선다 공항철도 타고 공덕역에 내려 허름한 골목에 자리한
40년 전통 평양냉면집 을밀대

골목에서 더 작은 골목으로 이어진 줄에 서서 순서 기다리
며 도대체 얼마나 맛이 좋길래 이럴까 하며 내가 먹어본 냉
면들을 떠올려 보는데, 주차장 담장에 핀 능소화가 맛깔스
러운 대광식당 물냉면 모슬포에서 제주시로 진출한 산방식
당 냉밀면 입소문으로 발 디딜 틈 없는 남춘식당 콩국수 화
북 서림식당 검은콩국수…

뙤약볕에 서서 한참을 기다리다 겨우 자리에 앉아 녹두전
에 평양냉면 먹으며 생각해 본다 쓴맛 단맛 신맛 매운맛 여
러 맛 중에 가장 남는 맛은 아마도 기다린 맛이 아닐까

시간은 사람을 곰삭게 한다

기억이 없다

서귀포에서 생활하는 현택훈 시인이
아침에 문자를 보내왔다

꿈에
선생님이 나오셔서
밝게 웃어주셨습니다
웃어주셔서
고맙습니다 ㅋ

웃었다니 다행이다,
하고 영혼 없는 답글을 보내고
어제를 돌아보는데
벗들과 어울려 술잔을 쓰러뜨린 것까지는
기억이 나는데
어느 시간에 산을 넘어 서귀포에 다녀왔는지
내가 운전을 했는지(그럼 음주운전이고)
누가 운전을 했는지(그럼 다행이고) 기억이 없다

그를 만났는지 내가 웃었는지 기억이 없다

지난 밤 나도 틀림없이 누구를 만났는데
그가 그인지 아닌지 기억이 없다
남자인지 여자인지 웃었는지 울었는지
기억이 없다

참 불편하다

통영에 앉아

동짓달 초사흘 달이 솜털같이 따스한
어느 시인이 죽을 만큼 사랑한 통영에 와서
아구 수육에 낮술 한 잔
옛 장수가 은하에 병장기를 씻었다던
큰집 뒷간에 들러 시원스레 똥을 누고
어스름한 다찌집에서 한 잔 또 한 잔

다음날 생각 없이 일어나
동피랑에서 어묵 둘 유자차 한 잔
보길도 시인이 소개한 물메기집에서
맑은 해장술 한 잔 다시 한 잔

해는 아직 중천인데
바다가 보이는 나폴리 창가에 앉아
되도 않은 시 나부랭이 끄적이는데
산다는 게 행복하지도 않지만
마냥 불행한 것도 아니라는 생각을 하면서

통영에서도 그렇지만 내가 사는 섬에서도

바다는 늘 바다였고

나는 언제나 나였으니까

너도 그렇고

묵비

아이들 착하지, 든든한 와이프 있지, 철밥통 같은 직장 있지, 아무나 못하는 시도 쓰지, 선배는 참 가진 게 많다며 후배가 술잔 건넨다 그래서 더 늦기 전에 내려놓을 생각이라며 잔 돌리자, 그럼 뭘 내려놓을 건데 하며 다시 잔 돌린다

직장은 몸에 걸친 옷 같은 것이니 우선 내려놓겠다며 잔 건네자, 그 다음은 시? 하며 바로 잔 돌린다 시는 나를 어찌 생각하는지 모르지만 내려놓을 수 없다며 잔 다시 돌리자 그럼, 다음은 뭐지? 아이들? 와이프? 하며 또 잔 돌린다

가끔은 주량을 넘기고도 취하지 않은 날이 있다

성인이

애월 조천 구간 도립미술관 초입, 삼십 년 불꽃같은 세월 잠시 접고 고향에 내려와 이태 전부터 소나무숲 선산발치 모드락한 가장자리에 조립식 텐트 쳐놓고 이것 심고 저것 심고 검질 매고 버렝이 잡고, 바로 옆 승마장만 비우면 주말농장 만들고 닭이며 오리도 기르고 싶다는 벗을 두고, 누구는 귀농 더러는 귀향이라 하지만 아무려면 어쩌랴, 가끔씩 막걸릿잔 나누면 그만 아닌가?

그 어간에 그는 어머니를 나는 아버지를 여의었지만

중근이

다급하게 전화를 했더란다
밭에서 괭이질 하는데 갑자기 어지럽고 식은땀 나고
쥐어짜듯 가슴이 아프다는 말에
우리 병원 올 생각 말고 119에 연락해서
제일 가깝고 큰 병원으로 가라 했더란다
한시가 급하니 빨리 가라 다그쳤더란다

119 급히 오고
가깝고 큰 병원 빨리 간 덕에
삼십 분만 경과하면 다시 올 수 없다는
심근경색 판정 받았지만 다행히 시술 받고
삼 일만에 퇴원하고 두 잔 먹던 술 한 잔으로 줄이고
아침 일찍 밭에 나가 어린 자식 같은 것들
어루만지고 다시 어루만지고 어스름이면
그리운 벗들과 다시 어울리고

중근이 덕에 성인이는

먼 길 가지 않아서 좋고

중근이 덕에 나는

술벗 잃지 않아서 좋고

비상구에 앉아

작가회의 이사회 참석 차 공항에서 티켓팅을 하는데 다리 길어 비상구 줄 수 없냐 했더니 비상구는 구매해야 한다며 웃돈을 달랜다 처음 당하는 일이라 언제부터 이랬냐 다른 항공사도 그러냐 그런 규정이 어디 있느냐 물어도 그 아가 씨 답변이 영 시원찮다

그냥 쭈그리고 갈까 하다가 결국 오천 원 덤으로 주고 비 행기에 올라 칠천 피트 상공 구름 위를 지나며 긴 다리 꼬아 수첩 펴고 지갑에서 나간 오천 원과 난처한 얼굴로 어쩔 줄 몰라 하던 그 아가씨와 이상기류로 인해 심하게 흔들리는 비행기와 비상착륙 시 내가 할 일에 대해 잠시 생각한다

제
4
부

당신아 당신아

당신아 당신아
부산 가면 떼돈 벌어
날 데리러 오마더니
칠성판 등에 지고
체면 없이 돌아왔소
당신아 당신아
야속한 내 당신아

당신아 당신아
저승 가서 돈 벌어서
이승 애기덜 키웠으니
태왁 차고 칠성판 지고
당신 따라 가려하오
당신아 당신아
무심한 내 당신아

당신아 당신아

곱사등에 작대기 짚고
물어물어 찾은 저승
하마 당신 알아나 볼까
몰라보면 어떵허리
돌아갈 여비도 없는데
당신아 당신아
무정한 내 사랑아

동행

—김경훈

한 사람이
온몸으로 강정을 걷고 있을 때
또 한 사람
울울해서 고요한 사려니숲을 걸었다

한 사람이
샛별오름에서 도새기수육에 막걸리잔 돌리고 있을 때
또 한 사람
심한 배앓이로 미적지근한 보리차에 흰죽을 떴다

한 사람이
'해군기지결사반대' 깃발 든 사진을 보내왔을 때
또 한 사람
그 사람과 함께 걸어온, 함께 가야할 먼 길을 생각했다

경계의 사람

— 김석범

나는
남쪽 사람도 북쪽 사람도 아니요
그러니까 나는 무국적자요
나는
분단 이전 조선 사람이요

제주 4·3도 마찬가지요
반 토막 4·3은 4·3이 아니란 말이요
온전한 4·3은
통일된 조국에서의 4·3이요
그러니 제주 4·3은 곧 통일인 거요

4·3을 한다는 거?
저기, 저, 저 백비, 저걸 일으켜 세우는 거요

샤이마

2014년 7월 25일 이스라엘의 가자지구 공습으로 집이 무너지면서 건물 잔해에 깔려 죽은 엄마 몸속에서 1시간을 버틴 끝에 제왕절개 수술로 태어난 '기적의 여자 아기' 샤이마가 이승에 온 지 5일 만에 인큐베이터에서 생을 마감했다 그날 공습으로 가자지구 유일의 발전소가 파괴되면서 병원 전기가 끊겼기 때문이다

샤이마는 숨진 엄마의 이름이기도 하다

너도밤나무

현지시간 7월 17일 네덜란드 암스테르담 출발하여 말레이시아 쿠알라룸프르로 향하던 말레이시아항공 여객기가 우크라이나 정부군과 친러시아 분리주의 반군이 치열한 접전을 벌이는 지역으로 알려진 우크라이나 동부 도네츠크주 사흐툐르스크 상공을 비행하다 부크미사일에 격추돼 승객과 승무원 298명 전원이 사망한 것으로 보인다

레이더 유도 방식인 부크미사일은 1972년 구소련에 의해 개발되어 79년 실전에 배치되었으며 마하5의 속도로 순항미사일과 스마트폭탄, 무인기 등을 요격할 수 있다

부크는 러시아어로 너도밤나무를 뜻하며 꽃말은 번영과 창조라 한다

김남주 시인 생가에서

민족시인 김남주 20주기 추모행사 가던 길에 생가엘 들렀
는데 대체 어찌된 일인가 김남주가 20년 전 세상을 버린 그
가 난간에 걸터앉아 있는 게 아닌가

해남농민회장으로 집회장마다 머리띠 매고 앞장선다는,
막내아우 덕종이가 거기 있는 게 아닌가, 김남주처럼

제주에서 왔다는 말에, 뭐시오? 제주에서 왔다 고라? 하,
제주 허면 열불이 나분당께. 시방도 눈물이 날라 허요. 강정
땜시 몇번 댕겨왔제이. 하, 강정. 어쩨 쓰까이? 참말로 어쩨
쓰까이, 저 강정!

꿩사냥

1

무자년 겨울 신효리 김 아무개가 있었는데, 머리 좋고 힘도 세서 호락호락 당할 인물이 아니었다 어느 날 지서 순경이 와서 형님 꿩사냥이나 갑주, 허길래 좋다, 해서 따라갔는데 결국 그 순경이 쏜 총에 죽었다 자신이 꿩이었다는 걸 그는 왜 몰랐을까?

2

그렇게 아버지 죽고 두어 달 뒤 쓰리쿼터 탄 순경이 집에 와 어머닐 찾읍다 어머닌 흰 무명 치마저고리로 갈아입고는 나, 돈 벌레 일본 감시메 널랑 이제부턴 큰아방네 집에 강 살라, 는 말만 남기고 떠나신디 그게 마지막입주 나중에 동네 어른한테 들었는데 어머닌 산사람 등쌀에 보리쌀 두 말 준 게 죄 되연 총살당했다 헙디다

죽은 병아리를 위하여

검은개 들이닥쳐 냄새 킁킁 맡더니
구장댁 마당 구석에서 한가로이 놀고 있는
실한 어미닭에 눈이 갔다

저걸 잡으라

구장 어른, 어쩔 수 없어 어린 딸에게
고갯짓을 했고
검은 개 꾸역꾸역 닭 한 마리 먹어치우더니
거칠고 길게 개트림을 했다

어미 잃은 병아리 열다섯
왼 종일 어미 찾아 삐약삐약 헤매더니
채 사흘이 가기 전
알에서 깬 지 열흘도 되기 전
싸그리 죽었다

무자년 겨울이었다

몰라 구장

아이구 말도 마라, 우리 동넨 몰라 구장 덕분에 살았주 경
안 해시믄 하영 죽어실 거라, 4·3 시절에

군인 경찰이 들이닥천 우리 구장신디 누게 누게 어디 갔느
냐 물으니까

······ 몰라 ········ 모르커라 ··············· 모른덴허난
···················· 정말 모르쿠다게 ···························
모르는 걸 어떵헙니까 ················· 정말 모르쿠다게
···················· 모른덴허난 ················· 모르커라
········· 몰라 ······

모르긴 무사 몰라? 다 알멍도 경 고른 거주, 죄 어신 사름
덜 살려보젠
그로부터 동네 사름덜이 몰라 구장 몰라 구장, 경 불렀주,
별칭으로
참 고마운 어른이라났주, 몰라 구장

알아 구장이라시믄 우리 동넨 끝장날 뻔

갈치

전쟁 나고 얼마 어신 때라났수다 군인들이 들이닥천 효돈 사람 볼목리 사람 다시 불러 모았덴 헙디다 며칠 가두었단 어느 야밤에 맨들락허게 벗긴 채 발모가지에 듬돌 돌아매고 배에 태완 바당더레 나가더라 헙디다 범섬 돌아 나가신디 배 만 돌아오더라 헙니다 퍼렁헌 달빛만 돌아오더라 헙디다

그해 가을 범섬 바당 갈치는 어른 기럭지만이 컸덴 헙디다 하도 컨 징그러완 먹을 수가 없었덴 헙디다 그 후젠 갈치만 보면 가슴이 탕탕 튀더라 헙디다

학생이공종성추모비 學生李公鍾成追慕碑

무자년 사월 제주중학교 학생 이종성 이유 없이 인천소년
형무소 수감 형무소에 전염병 돌고 아버지는 밭 팔아 면회
가서 약을 건네고
   전쟁 나고 형무소 열리고 걸어 걸어 남쪽으로 오다가 인
민군 만나 북으로 가게 되고

   아우는 형님을 행불인으로 신고하고 고향 들녘에 봉분 없
이 비석 세우고 사십 년 넘게 메 한 그릇 술 한 잔 올려왔는데
   육십 하고도 육 년 지나 2014년 2월 금강산호텔 이산가
족 상봉장에서 아우는 열 살 터울 형님 리종성을 만나고

거친오름 가는 길

거기 형님이 계시다 한다
큰형님 둘째 형님이 계시다 한다

재판도 없이 끌려와 관덕정 1구서 감방
삼형제 나란히 수감되고 나란히 압송되었다 한다
이리호 타고 목포까지는 같이 갔다 한다
나이 어린 당신은 트럭 짐칸에 실려 인천으로 가고
두 형님과는 그렇게 헤어졌다 한다
어디로 가느냐 물을 새도 없었다 한다

1년을 선고 받고 믿기지 않았다 한다
누구는 10년이고 누구는 15년인데
하도 고마워 눈물도 나지 않았다 한다

형량 마치고 고향 돌아온 후
꾹꾹 눌러 쓴 형님의 엽서 한 장 받았다 한다
목포에서 김천으로 이송되었다는

내복하고 양말 좀 보내달라는

그게 마지막이었다 한다
지금도 소식조차 모른다 한다
행불인 명단에 이름 석 자 올리는 일 말곤
할 수 있는 게 아무것도 없었다 한다

봉아름 지나 명도암 지나 거친오름 가는 길
거기 형님이 안 계시다 한다
큰형님도 둘째 형님도 안 계시다 한다
행불인 묘역에 표석 두 개
나란히 쓸쓸히 앉아있을 뿐

안 계시다 한다
아무도 안 계시다 한다

물에서 온 편지

죽어서 내가 사는 여긴 번지가 없고
살아서 네가 있는 거긴 지번을 몰라
물결 따라 바람결 따라 몇 자 적어 보낸다

아들아,
올레 밖 삼도전거리 아름드리 폭낭은 잘 있느냐
통시 옆 멀구슬은 지금도 잘 여무느냐
눈물보다 콧물이 많은 말젯놈은
아직도 연날리기에 날 가는 줄 모르느냐
조반상 받아 몇 술 뜨다 말고
그놈들 손에 끌려 잠깐 갔다 온다는 게
아, 이 세월이구나
산도 강도 여섯 구비 훌쩍 넘었구나

그러나 아들아
나보다 훨씬 굽어버린 내 아들아
젊은 아비 그리는 눈물일랑 그만 접어라

네 가슴 억누르는 천만근 돌덩이

이제 그만 내려놓아라

육신의 칠 할이 물이라 하지 않더냐

나머지 삼 할은 땀이며 눈물이라 여기거라

나 혼자도 아닌데 너무 염려 말거라

네가 거기 있다는 걸 내가 볼 수 없듯

내가 여기 있다는 걸 네가 알 수 없어

그게 슬픔이구나

내 몸 누일 집 한 채 없다는 게 서럽구나 안타깝구나

그러니 아들아

바람 불 때마다 내가 부르는가 여기거라

파도 칠 때마다 내가 우는가 돌아보거라

물결 따라 바람결 따라 몇 자 적어 보내거라

죽어서 내가 사는 여긴 번지가 없어도

살아서 네가 있는 거기 꽃소식 사람소식

물결 따라 바람결 따라 너울너울 보내거라, 내 아들아

변방의 시선으로 건져 올린 찬란한 일상

김동현 • 문학평론가

김수열은 제주 문화판의 맏형님 격이다. 그가 『실천문학』으로 시단에 나온 때가 1982년이었다. 등단 이후 첫 시집 『어디에 선들 어떠랴』를 내기까지 김수열은 문화운동가라는 이름으로 청춘의 한 때를 치열하게 보냈다. 지금까지 첫 시집을 시작으로 해서 『물에서 온 편지』까지 6권의 시집을 내놓았다. 과작寡作까지는 아니지만 그의 시력詩歷에 비하면 다작多作이라고는 할 수 없다. 하지만 제주에서 문화운동 한 자락에 발을 걸치고 있는 사람이라면 그의 과작을 탓할 수만은 없다. 그는 마당극 연출가로, 또 교육운동가로, 제주 4·3 문화운동의 최일선에서 목소리를 높였다. 평생 몸담았던 학교를 그만 둔 후 한 호흡 쉴 법도 하지만 여전히 그는 여전히 그 큰 키로 전위의 깃발을 들고 있다.

김수열은 2011년 오장환문학상을 수상했을 때 "영원한 변방의 시인이고자 한다"고 밝힌 바 있다. 스스로를 '변방의 시인'이라고 말하는 이유는 무엇일까. 먼저 그의 수상 소감 일부를 들어보자.

저는 영원한 변방의 시인이고자 합니다. 나고 자란 곳이 변방이고 앞으로 살다 묻힐 곳도 변방이기 때문입니다. 보고 들은 것도 변방이고, 울고 웃고 먹고 싸고 마시고 게워낸 곳도 변방이기 때문입니다. 하여 제주 4·3 항쟁은 제 문학의 근간이고 지금의

'강정'은 제 문학의 오늘입니다. (중략) 그때나 지금이나 섬사람들은 섬의 언어로 울고 분노하고 섬의 언어로 하소연하고 왜자깁니다.[1]

"나고 자란 곳이 변방이고 앞으로 살다 묻힐 곳도 변방"이라고 이야기하는 것에서 알 수 있듯이 제주는 그의 삶의 총체이자, 자신의 신체에 새겨진 경험의 총합이다. 그는 "섬 사람들의 언어로 울고 분노"하겠다고 고백한다. 그의 고백은 변방이라는 사회적 언어가 그의 시작詩作의 동인動人임을 보여준다. 그래서 김수열의 시를 이해하는 일은 변방을 이해하는 일이다. 우리는 그렇게 김수열을 통해 변방이 만들어낸 시대의 언어와 만나게 된다.

가장 내밀한 순간에도 그는 변방의 언어를 잊지 않는다. 옥타비오 파스가 "언어로부터 말을 뿌리째 뽑아내는 상승 혹은 적출摘出의 힘"과 "말을 다시 언어로 복귀시키는 중력의 힘"을 이야기하면서 집단으로서의 공용어와 만나는 시어의 결별과 복귀를 이야기하듯이 그의 시는 개인의 언어가 아닌 사회의 언어가 빚어내는 시의 힘을, 시의 진정을 보여준다.

---

1) 김수열, 「변방의 시 사람의 문학」, 『실천문학』, 2011. 11.

그는 자신의 시를 "거추장스러운 데가 많"다고 말한다. (『알몸의 시』) 벌거벗은 몸으로 첼로를 연주하는 나탈리 망세를 언급하면서 "파격"이 없다고 고백한다. 그러면서 그는 자신의 시가 "가려야 할 데가 많"다고 고백한다. 스스로 자신의 시를 "거추장스"럽다고 말하는 시인의 고백은 무슨 의미일까.

형식적 파격이 곧 시가 된다고 믿었던 때가 있었다. 기존의 문법을 부수고 새로운 언어의 세계를 획득하는 것이 시의 영역을 확장할 수 있다고 생각하기도 했다. 그런 기준으로 보자면 그의 시에는 '파격'이 없다. '창안'이 없다.

하지만 그는 파격을 버리는 대신 변방이 만들어낸 시대의 언어와 마주하면서 중심이라는 단단한 벽에 숨겨져 있던 존재들을 '발견'한다. 지그문트 바우만은 그의 대표작인 『액체근대』에서 밀란 쿤데라의 『소설의 기술』한 대목을 인용하면서 사회학과 사회학적 글쓰기에 대해서 이야기한 바 있다. 바우만은 시인의 글쓰기란 언제나 무엇인가를 숨기고 있는 거대한 벽에 부딪히는 일이라는 쿤데라의 발언을 되새긴다. 바우만은 시는 '창안'하는 것이 아니라, '발견'하는 것이라는 쿤데라의 발언에 동의하면서 사회학 연구 역시 숨어 있는 것들을 '발견'해야 한다고 말한다.

김수열의 시편들을 읽으면서 바우만을 새삼 떠올리는 것은 김수열의 시들이 가공의 노작勞作이 아니라, 발견의 시선에서 나오고 있음을 확인했기 때문이다. 벽에 부딪히는 것이 시인의 숙명이라고 할 때 시인은 벽의 존재를 자각하는 자이며, 벽 너머의 세계를 꿈꾸는 자이다. 우리는 언제나 거대한 벽 앞에서 서성거리는 존재이다. 우리 앞에 놓인 그 벽은 단단하고 높다. 벽을 넘어서는 일은 불가능해보이기만 한다. 때론 벽의 존재 자체에 대해 무감각하기까지 하다. 마치 태초부터 벽이 있었던 것처럼 말이다. 벽은 자명한 진실의 얼굴을 한 채 우리 앞에 놓여 있다. 벽 앞에서는 어떠한 의심도 용납되지 않는다. 우리는 그 단단한 절망과 무기력을 내면화한 채 살아간다. 하지만 시인은 벽에 부딪힘으로써 벽의 존재를 드러낸다. 벽을 넘어설 수 없는 무기력함을 알면서도 벽에 끊임없이 도전하는 것, 존재하지만 존재하지 않는 비존재의 존재들을 드러내는 응시의 역동성으로 김수열은 시를 밀고 나간다.

벽을 넘어설 수 없다는 존재의 무기력함을 알면서도 끊임없이 벽과 부딪히고 벽 너머에 대한 갈망에 사로잡힌 존재가 시인이라면 김수열의 시편들은 강고한 벽에 부딪혀 피 흘리는 존재들과 마주한다. 그는 때로는 무기력하고 나약함으로 벽과 마주하며 벽 너머를 훔쳐보고 싶다는 대한 갈증으로 시의 언어를 고른다.

그런 점에서 김수열의 시를 읽는 일은 거대한 벽 앞에서 피 흘리며 쓰러져간 존재들의 흔적과 만나는 일이다. 그의 손에 들린 변방의 포충망 안에는 그렇게 비루한 삶을 살아오면서도, 끝내 찬란하게 빛나던, 이 땅의 삶들이 환하게 빛나고 있다.

2

보말이 보말이주, 보말을 뭐셴 고라?
고메기? 난 몰라, 우리 동네선 그자 보말

물 싸민 갯것이 강 그거 잡아당
솥단지에 낭 개끔 부각헐 때꼬지 솖앙
이불바농으로 눈 멜라저가멍 토다아장 그걸 따내영
딱지도 때내곡 또시 고는 채에 낭
손으로 박박 문대기믄 요물은 남곡 똥은 헤싸지곡
똥 헤싸진 물에 곤쏠 불린 걸 낭 보글보글 끓을 때
보말 요물 넣곡 당근 송송 썰어 넣곡 마늘쫑 쫑쫑 썰어 넣곡
다시 바질바질 끓으민 약헌 불에 맞칭 촘지름 넉넉허게 ?
휘휘 저시믄 그게 보말죽이주
배추김치에 참깨 절인 것에 혼번 먹와봐, 잘도 코시롱허여

무싱거? 깅이죽? 거 쓸데어신 소리 마랑

요레 아장 보말이나 파라

마, 바농!

—「보말죽」전문

시인은 보말(표준어로 굳이 말하자면 고둥 쯤 되겠다)을 앞에 두고 나이 지긋한 노파와 마주 앉아 있다. 노파와의 대화를, 제주어 그대로 드러내고 있는 '보말'은 제주어를 이해하기 힘든 뭍사람들에게 '번역'이 필요할지 모른다. 번역의 불가능성을 감수하면서도 제주어를 포기하지 않는 것은 변방의 언어가 변방의 시대를, 변방의 역사를 드러내기 때문이다. 보말죽이 끓어가는 장면을 생생하게 그려내면서 무심한 듯 내뱉는 "요레 아장 보말이나 파라"(여기 앉아서 고둥이나 까라)는 말은 섬의 역사를 온 몸으로 견뎌온 자들만이 할 수 있는 섬의 언어이다.

'보말'처럼 이번 그의 시집에서는 표준어라는 획일화된 언어와 기꺼이 불화하겠다는 의지를 곳곳에서 확인할 수 있다. 그는 이미 「빙의」를 비롯한 전작에서도 제주어를 전면에 내세운 바 있다. 그는 단순히 소재로서 제주어를 다루지 않는다. 그것은 섬의 삶들이 아로새겨진, 섬의 내밀한 속살이 가득한 이방의 언어를 '지금—여기'의 자리에 새겨놓고자 하는 의지의 소산이다.

전쟁 나고 얼마 어신 때라났수다 군인들이 들이닥천 효돈 사

107

람 볼목리 사람 다시 불러 모았덴 헙다 며칠 가두었단 어느 야
밤에 맨들락허게 벗긴 채 발모가지에 듬돌 돌아매고 배에 태완
바당더레 나가더라 헙다 범섬 돌아 나가신디 배만 돌아오더라
헙니다 퍼렁헌 달빛만 돌아오더라 헙다

    그해 가을 범섬 바당 갈치는 어른 기럭지만이 컸덴 헙다 하
도 컨 징그러완 먹을 수가 없었덴 헙다 그 후젠 갈치만 보면 가
슴이 탕탕 튀더라 헙다

—「갈치」 전문

제주 4·3 항쟁을 이야기하고 있는 「갈치」는 섬의 언어가 섬
의 역사를 이야기하는 최고의 수단이라는 사실을 그대로 보여
준다. 제주섬은 '절멸'에 가까운 비극을 경험했다. 그리고 그
비극은 오랫동안 말할 수 없었다. 그는 섬의 언어와 마주하면
서 섬의 신체에 각인된 기억을 드러낸다. "발모가지에 듬돌" 매
어진 채로 수장되었던 섬사람들. 그 시체를 먹으며 "어른 기럭
지만이" 커 버린 갈치는 차마 먹을 수 없었다. 갈치만 보아도
"가슴이 탕탕 튀"던 비극의 현재성을 섬의 언어가 아니면 어떻
게 이야기할 수 있을까.
    섬의 언어는 비극을 증언하는 동시에 섬의 구체적 일상들을
드러내기도 한다. 이를테면 "해짓골 올빼미 형은 / 멜철 들어 물

이 싸면 탑바리 원담에 / 족바지 들고 멜 거리레 갔다"(「원담」 중)
고 이야기하면서 이제는 매립되어 사라진 탑동 바다의 풍경과
그 속에서 살아갔던 제주사람들의 일상을 그려낸다. "이레 화
르르륵 저레 다울리라 / 저레 화르르륵 이레 다울리라"라면서
"작대기 들고 바당물 탕탕 치"던 '멸치잡이'의 장면들은 풍성한
섬의 입말로 되살아난다. 섬의 일상들은 제주어를 통해 비로소
환하게 빛난다.

제주어는 한때 "불가촉 천민의 말"이자 "공민권을 박탈당한
언어"[2]라고 생각되었다. 김수열은 표준어의 외부에서 비존재
로 존재했던 제주어를 '발견'하면서 변방의 일상을 구체적으로
빚어낸다. 고집스럽게 보이기까지 하는 제주어의 등장은 일테
면 표준어의 획일화에 맞서는 저항의 수단이 아니라 시가 "민중
의 목소리"이며 "선민의 언어이고 고독한 자의 말"[3]이라는 사
실을 자각하고 있기 때문이다. 「고부」는 이러한 날 것 그대로
의 "민중의 목소리"를 잘 드러낸 작품이다.

예순 살짝 넘긴 며느리가 여든 훌쩍 넘긴 시어매한테 어무이,
나, 오도바이 멘허시험 볼라요 허락해주소 하니 그 시어매, 거 무

2) 송상일, 「〈살아진다〉의 부정과 긍정」, 『돌할으방 어디 감수광』, 동광문화사, 1984.
3) 옥타비오 파스, 김홍근·김은중 옮김, 『활과 리라』, 솔, 1998.

신 씨나락 까먹는 소리여, 얼룽 가서 밭일이나 혀!

　요번만큼은 뜻대로 허것소 그리 아소, 방바닥에 구루리고 앉아 떠듬떠듬 연필에 침 발라 공부를 허는데, 멀찌감치 앉아 시래기 손질하며 며느리 꼬라지 쏘아보던 시어매 몸뻬 차림으로 버스에 올라 읍내 나가 물어물어 안경집 찾아 만 원짜리 만지작거리다 만오천 원짜리 돋보기 사 들고 며느리 앞에 툭 던지며 허는 말, 거 눈에 뵈도 못 따는 기 멘허라는디 뵈도 않으믄서 워찌 멘헐 딴다? 아나 멘허!

　예순을 넘긴 며느리가 오토바이 면허 시험을 보겠다고 이야기하자 시어머니는 밭일이나 하라며 타박한다. 며느리 나이도 육십을 넘긴 지 오래라 책 한 줄 보는 게 쉽지 않을 터. "몸뻬 차림으로 버스에 올라" "만 오천 원짜리 돋보기"를 내던지며 시어미는 무심한 듯 한 마디 한다. "아나 멘허". 며느리와 시어머니만 등장하는 이 시에서는 '남편/아들'의 존재는 드러나지 않는다. 일찌감치 세상을 떠났을 수도 있다. 4·3 때일 수도 있고 고된 바닷일에 파도가 그 생목숨을 앗아갔는지도 모른다. 그렇게 두 여인만 살아남은 신산한 삶들은 무뚝뚝한 민중의 언어로 다시 생명력을 얻는다. 그렇게 민중의 언어는 섬의 역사를 함께 기억하는 공용어로 등극한다.

3

내밀한 개인의 세계를 버리는 대신 공용어의 가능성을 타진하고 있는 그의 시가 제주 4·3에 천착하는 것은 어찌 보면 당연한 일인지 모른다. 오랫동안 마당극 연출가로 활동하면서 누구보다도 앞장서서 제주 4·3의 진실을 드러내고자 했던 그였다. 그렇기에 제주 4·3은 그의 시의 단단한 토대이다.

검은개 들이닥쳐 냄새 쿵쿵 맡더니
구장댁 마당 구석에서 한가로이 놀고 있는
실한 어미닭에 눈이 갔다

저걸 잡으라

구장 어른, 어쩔 수 없이 어린 딸에게
고갯짓을 했고
검은 개 꾸역꾸역 닭 한 마리 먹어치우더니
거칠고 길게 개트림을 했다

어미 잃은 병아리 열다섯
왼 종일 어미 찾아 삐약삐약 헤매더니

채 사흘이 가기 전

알에서 깬 지 열흘도 되기 전

싸그리 죽었다

무자년 겨울이었다

—「죽은 병아리를 위하여」 전문

인용한 시는 제주 4·3의 비극을 알레고리 방식으로 그려내
고 있다. 섬사람들을 학살한 경찰을 "검은개"라고 불렀다. "검
은개"는 "마당 구석에서 한가로이 놀고 있는" "어미 닭"을 잡아
먹었다. "어미 잃은 병아리"는 "알에서 깬 지 열흘도 되기 전"에
"싸그리 죽"어버렸다. 무자년 초토화 작전은 말 그대로 섬 전
역에 대한 폭력적 진압이었다. 이 시는 담담한 어조 뒤에 숨은
슬픔을 애써 참으며 그 날의 참상을 증언한다.

김수열 시의 뿌리는 제주 4·3에 닿아 있다. 비극의 역사는 생
명의 삼투압으로 꽃을 피운다. 슬픔으로 피어나는 꽃들의 언
어는 잃어버린 수형인들, 살아서 돌아오지 못하는 죽음들과 마
주한다.

거기 형님이 계시다 한다

큰형님 둘째 형님이 계시다 한다

재판도 없이 끌려와 관덕정 1구서 감방
삼형제 나란히 수감되고 나란히 압송되었다 한다
이리호 타고 목포까지는 같이 갔다 한다
나이 어린 당신은 트럭 짐칸에 실려 인천으로 가고
두 형님과는 그렇게 헤어졌다 한다
어디로 가느냐 물을 새도 없었다 한다

1년을 선고 받고 믿기지 않았다 한다

누구는 10년이고 누구는 15년인데
하도 고마워 눈물도 나지 않았다 한다

형량 마치고 고향 돌아온 후
꾹꾹 눌러 쓴 형님의 엽서 한 장 받았다 한다
목포에서 김천으로 이송되었다는
내복하고 양말 좀 보내달라는

그게 마지막이었다 한다
지금도 소식조차 모른다 한다
행불인 명단에 이름 석 자 올리는 일 말곤

할 수 있는 게 아무것도 없었다 한다

봉아름 지나 명도암 지나 거친오름 가는 길
거기 형님이 안 계시다 한다
큰형님도 둘째 형님도 안 계시다 한다
행불인 묘역에 표석 두 개
나란히 쓸쓸히 앉아있을 뿐

안 계시다 한다
아무도 안 계시다 한다

—「거친 오름 가는 길」 전문

　　제주 4·3을 이야기하고 있는 그의 시편들에서 주목할 것은 역사를 증언하는 서술 방식이다. 앞서 살펴본 「갈치」도 그렇거니와 「거친 오름 가는 길」도 모두 "헙다다" 혹은 "한다"라는 전언傳言의 방식을 취하고 있다. 이러한 방식에서 시인은 말하는 자가 아니라 듣는 자이다. 비극을 경험한 세대들의 말을 들으며 그는 자신의 언어가 아니라 그들의 말로 이야기한다. "헙다다"와 "한다"라는 전언 방식에서 중요한 것은 말하는 자의 기억이다. 이를 통해 시인은 말하는 자의 언어를 옮겨 적는 것이 비극을 가장 잘 전달할 수 있음을 자각한다. 증언을 전달함으로써 시인은 과거와 현재를 매개한다. 과거의 기억은 그렇게 현재로 스며든다. 이를 '스며듦의 시학'이라고 명명할 수 있을 것이다.

이러한 '스며듦의 시학'이 지향하는 바는 분명하다. 그것은 과거를 과거라는 시간성에 고정시키지 않겠다는 태도이며 과거를 현재적 관점에서 재해석하려는 운동의 근거로 삼겠다는 의지이다. 이러한 운동성을 잘 보여주는 것은 『화산도』의 작가 김석범의 입을 빌려 제주 4·3의 현재적 과제를 이야기하는 「경계의 사람—김석범」이다.

나는

남쪽 사람도 북쪽 사람도 아니요

그러니까 나는 무국적자요

나는

분단 이전 조선 사람이요

제주4·3도 마찬가지요

반 토막 4·3은 4·3이 아니란 말이요

온전한 4·3은

통일된 조국에서의 4·3이요

그러니 제주4·3은 곧 통일인 거요

4·3을 한다는 거?

저기, 저, 저 백비, 저걸 일으켜 세우는 거요

시인은 단호한 어조로 제주 4·3을 "한다"라고 이야기한다. 그렇게 4·3은 기억의 문제가 아니라 행위의 문제로 치환된다. 4·3 특별법이 제정되고 대통령이 사과까지 했지만 제주 4·3의 문제는 여전히 현재 진행형이다. 그렇기에 제주 4·3은 증언이라는 형식에 갇혀 있어서는 안 된다. 오히려 현재를 추동하는 강력한 힘으로, 현재의 모순과 대결하는 저항의 참조점이 되어야 한다. "백비를 일으켜 세우는"것이라는 진술은 '제주 4·3을 한다'라는 행동의 철학을 단적으로 보여준다.

4

민중의 언어로, 제주 4·3의 현재적 가능성을 타진하고 있는 이번 시집에서 단연 절창은 「물에서 온 편지」이다. 시 전문을 먼저 보도록 하자.

죽어서 내가 사는 여긴 번지가 없고

살아서 네가 있는 거긴 지번을 몰라

물결 따라 바람결 따라 몇 자 적어 보낸다

아들아,
올레 밖 삼도전거리 아름드리 폭낭은 잘 있느냐
통시 옆 멀구슬은 지금도 잘 여무느냐
눈물보다 콧물이 많은 말젯놈은
아직도 연날리기에 날 가는 줄 모르느냐
조반상 받아 몇 술 뜨다 말고
그놈들 손에 끌려 잠깐 갔다 온다는 게
아, 이 세월이구나
산도 강도 여섯 구비 훌쩍 넘었구나

그러나 아들아
나보다 훨씬 굽어버린 내 아들아
젊은 아비 그리는 눈물일랑 그만 접어라
네 가슴 억누르는 천만근 돌덩이
이제 그만 내려놓아라
육신의 칠 할이 물이라 하지 않더냐
나머지 삼 할은 땀이며 눈물이라 여기거라
나 혼자도 아닌데 너무 염려 말거라

네가 거기 있다는 걸 내가 볼 수 없듯

내가 여기 있다는 걸 네가 알 수 없어

그게 슬픔이구나

내 몸 누일 집 한 채 없다는 게 서럽구나 안타깝구나

그러니 아들아

바람 불 때마다 내가 부르는가 여기거라

파도 칠 때마다 내가 우는가 돌아보거라

물결 따라 바람결 따라 몇 자 적어 보내거라

죽어서 내가 사는 여긴 번지가 없어도

살아서 네가 있는 거기 꽃소식 사람소식

물결 따라 바람결 따라 너울너울 보내거라, 내 아들아

제주 4·3 당시 많은 사람들이 수장水葬되었다. 제주항 인근 옛 주정공장에 갇혀 있던 사람들은 제주 앞 바다에서, 한국전쟁 당시 예비검속으로 잡혀간 이들은 성산포 바다에서 불귀의 객이 되어버렸다. 당시 아버지를 잃은 강완철 씨는 다음과 같이 증언한 바 있다.

아버지가 제주읍으로 압송된 후 면회를 다녀온 어머니에 의하면 모진 고문을 당해 온 몸에 멍이 들었다고 합니다. 곧 풀려난

118

다고 하던 분이 그후 소식이 없어 백방으로 알아보니, 1950년 7월 16일 새벽 1시께 아버지를 포함해 20여 명을 태워 산지항을 떠난 배가 오후에 빈배로 돌아왔다고 했습니다. 몸에 돌을 매달아 바다에 빠뜨렸다는 겁니다. [4]

이 시는 몸에 돌이 매어진 채 차가운 바닷물 속에서 목숨을 잃은 아버지를 화자로 내세우고 있다. "산도 강도 여섯 구비 홀쩍 넘"어버린 60년 만에, 슬픔의 언어로 쓰여진 편지가 비로소 아들에게 보내졌다. "나보다 훨씬 굽어버린" 아들에게 보내는 사연은 "육신의 칠할이 물이"니 "나머지 삼할은 땀이며 눈물이라 여기"라며 오히려 살아있는 자를 위로한다. 하지만 위로가 슬픔의 눈물마저 닦을 수 있는 것은 아니다. 죽음은 영원한 결별이며 "네가 거기 있다는 걸 내가 볼 수 없"고 "내가 여기 있다는 걸 네가 알 수 없"는 아픔이기 때문이다. 바다는 "죽어서"조차 "번지" 없는 곳이다. 그곳에서 번지를 알 수 없는 뭍으로 보내는 사연은 통한의 "꽃소식"이고 "사람소식"이다. 그렇게 과거와 현재는 바다를 건너 만난다. [5] 이 만남의 슬픔은 제주 4·3이 여전히 현재의 문제이며, 섬의 신체에 각인된 현재적 일상이

---

4) 제민일보 4·3취재반, 『4·3은 말한다』 5, 전예원, 1998.

라는 사실을 잘 보여준다.

5

　섬의 언어로, 섬을 말하지만 그의 시는 섬에, 섬의 아픔에 매몰되지 않는다. 오히려 그의 시는 섬을 이야기함으로써 생의 보편에 다가서고자 한다. 그에게 섬은 닫혀 있지만 한없이 열려 있는 공간이다. 닫힘과 열림의 역설 속에서 그의 시는 "섬에서 멀어진다는"것이 "다시 섬에 가까워진다는 것"임을, "섬바람과 만나 섬언어로" "섬이야기"를 듣는 일이 결국 섬의 보편과 마주하는 일임을 보여주고 있다.(「비양도에서 한나절」) 그런 점에서 그의 시는 섬을 이야기하되 섬에 갇히지 않고, 섬의 언어를 발견하되 섬의 언어에 매이지 않는다. 그렇기에 그의 시는 섬의 시이되 섬만의 시가 아니다. 단단하게 고정되어 있는 현재적 일상의 너머를 탐색하는 '발견의 시'이며 현재에 결박된 언어를 자유롭게 하는 '해방의 시'이다.

<hr />

5) 이 시가 처음 발표되었을 때는 공교롭게도 세월호 참사가 있던 2014년 5월경이었다. 시인이 주정공장 터에서 해원 상생굿을 하면서 시를 낭독할 때 많은 이들이 눈물 흘렸다. 그것은 4·3과 세월호가 지극한 슬픔으로 바다를 가득 채웠기 때문이었다.